A golpe
de calcetín

A LA
ORILLA
DEL VIENTO

A golpe de calcetín

FRANCISCO HINOJOSA

ilustrado por

RAFAEL BARAJAS, *EL FISGÓN*

FONDO
DE CULTURA
ECONÓMICA

Primera edición, Editorial Novaro,	1982
Segunda edición, SEP/Libros del Rincón,	1986
Tercera edición, FCE,	2000
Cuarta edición,	2016
Segunda reimpresión,	2018

[Primera edición en libro electrónico, 2013]

Hinojosa, Francisco
    A golpe de calcetín / Francisco Hinojosa ; ilus. de Rafael Barajas
"El Fisgón". — 4ª ed. — México : FCE, 2016
    50 p. : ilus. ; 19 × 15 cm — (Colec. A la Orilla del Viento)
    ISBN 978-607-16-3588-4

    1. Literatura infantil I. Barajas, Rafael, il. II. Ser. III.t.

LC PZ7   Dewey 808.068 H799a

Distribución mundial

© 2000, Francisco Hinojosa, texto
© 2000, Rafael Barajas, *El Fisgón*, ilustraciones

D. R. © 2000, Fondo de Cultura Económica
Carretera Picacho Ajusco, 227; 14738 Ciudad de México
www.fondodeculturaeconomica.com
Comentarios: librosparaninos@fondodeculturaeconomica.com
Tel.: (55)5449-1871

Editor: Daniel Goldin
Diseño: Joaquín Sierra Escalante
Dirección artística: Mauricio Gómez Morin
Diseño de forro: Miguel Venegas Geffroy

ISBN 978-607-16-3588-4 (rústico)
ISBN 978-607-16-1342-4 (electrónico-epub)

Impreso en México • *Printed in Mexico*

A José Luis Rivas

Índice

Entre periódicos y zapatos

Ya hace más de un año que ando metido en esto de vender periódicos en las calles. Apenas cumplí los diez años mis papás me dijeron "adiós a la escuela" y me llevaron derechito hasta una bodega muy grande, atestada de periódicos y revistas. Me pusieron entre las manos un montón de periódicos que apenas podía sostener, me enseñaron una tonadita y me dijeron:

—Ahora vas a leer lo que dicen las letras y lo vas a gritar, como te enseñamos, por las calles del Centro. La gente te los va a ir comprando: cada periódico cuesta cinco centavos. Sólo cuando hayas acabado de venderlos todos puedes volver a casa.

—En esta bolsa de tela —añadió mi mamá— mete las monedas. Ten mucho cuidado con ellas, no las vayas a perder ni dejes que te las roben.

Al principio me daba mucha vergüenza andar pegando de gritos por las banquetas. Sentía que todos se volvían a mirarme y decían: "Luego luego se nota que este niño es un principiante". Pero en cuanto vendí mi primer periódico me dio tanto gusto que se me acabó la vergüenza. Poco a poco me fui acostumbrando a gritar las noticias y a ir cobrando de cinco en cinco centavos.

Aunque mis papás me dijeron que no me alejara mucho de la esquina de avenida Madero e Isabel la Católica, muy pronto me dio por callejear más allá. Al poco tiempo ya conocía todas las esquinas y callejones del rumbo. También empecé a tener amigos: Chucho, que iba y venía con su cajón para bolear zapatos; don Justo, que vendía cachitos de lotería; Samuel, que tenía un puesto de tacos y que a veces, cuando estaba de buen humor, me regalaba uno; Aniceto, el organillero, y muchos más, todos los mendigos de Catedral y todos los vendedores del Centro.

Según qué tal ande de suerte o qué tan buena sea la noticia, a veces vendo los periódicos muy pronto, como la semana antepasada, cuando fue la final de futbol, o como hace algunos meses, cuando le dieron un balazo a don Pascual justo el día en que empezaba a ser presidente de México. La gente, en vez de ir a la Cruz Roja a esperar noticias sobre su salud, compraba el periódico y así se enteraba de todo lo que pasaba.

El dinero que saco de las ventas se lo paso toditito a mi mamá, y de ese dinero ella me da quince centavos cada domingo. Antes me lo gastaba en paletas heladas de limón y en chicles de marqueta, pero desde hace un mes lo he estado ahorrando para poder ir alguna vez al cine.

Todas las tardes voy al pueblito de Tlalpan a ayudar a don Julián, un zapatero remendón, porque mis papás dicen que tengo que formarme un oficio para cuando sea grande y así no convertirme en una lata para los demás. La mera verdad es que no me ha enseñado más que a clavar suelas y tacones, poner bien las agujetas a los zapatos y bolearlos para regresarlos reparados y limpios a sus dueños. Don Julián sólo me da el dinero del tranvía pero, como a veces puedo burlar al cobrador, me quedo con él y lo meto en mi alcancía.

No me parece, por lo demás, que eso de pasarme la mañana vendiendo periódicos y la tarde oliendo zapatos ajenos sea algo muy divertido. Aunque no lo crea nadie, es más bien aburrido, y si no fuera porque tengo oportunidad de ir de un lado a otro y de platicar con mis amigos, ya me habría cansado de hacerlo, aunque a veces en la calle ocurren cosas que valen mucho la pena.

Un favorcito

Todo empezó el lunes primero de diciembre. Ese día me vi obligado a sacar los ahorros de mi alcancía para dárselos a mi mamá. Me dijo que en la casa no había dinero para la comida porque a mi papá no le pagarían en la fábrica hasta quién sabe cuándo: él y los otros obreros no querían volver al trabajo hasta que les aumentaran el sueldo. Por la noche, mi papá me platicó todo. También me pidió que le echara más ganas a la venta de periódicos porque durante algún tiempo la familia iba a vivir solamente de lo que yo ganara.

No voy a decir mentiras: al principio sentí un poco de tristeza, pues pensé que ahora sí sería difícil que fuera algún día al cine, y también porque a partir de entonces tendría que vender periódicos en las tardes, aunque al fin y al cabo eso no estaba tan mal ya que dejaría de ir a ayudar a don Julián por algún tiempo. Pero después olvidé la tristeza porque me di cuenta de que mi trabajo servía para que mi familia pudiera mantenerse.

La noticia de la huelga en la fábrica donde trabaja mi papá no salió en primera plana, pero a mí me dio por gritarla como si fuera la más importante del día. Yo creo que a la gente no le in-

teresó mucho, pues en el camino de la bodega a la avenida Madero sólo logré vender cinco periódicos. Cuando llegué a mi esquina estaba cansadísimo de tanto gritar y cargar el fajo. Pero de pronto me dieron otra vez ganas y volví a vocear con más fuerza.

No había vendido más que dos periódicos cuando vi que un carro se detenía frente a mí.

—¡Ey, chamaco! ¡Acércate! —me dijo desde adentro del auto un señor con un bigote que le tapaba la boca—. Quiero comprar todos tus periódicos.

—¿Para qué los quiere todos si son igualitos? —le contesté, pero me arrepentí de inmediato al acordarme de que en la casa no tendríamos qué comer si yo no vendía el montón completo.

—Te repito que los quiero todos, todos... con tal de que me hagas un pequeño favor. Ven, sube.

Que conste que estoy acostumbrado a andar a golpe de calcetín casi todo el día y a ver tipos de lo más chiflado en las esquinas, pero ese señor me pareció más zafado todavía. No sólo me había dicho que quería comprarme todos los periódicos, sino que también me invitaba a subirme a su carro. Para nada me daba buena pinta, aunque es cierto que tampoco parecía ser ninguno de esos robachicos de los que me ha contado mi abuela, pues ese señor iba muy bien vestido, elegante y limpio, con un sombrero que parecía recién estrenado y con un auto Ford último modelo.

—Sí, quiero comprar todos tus periódicos a cambio de un favorcito. Es más: te voy a dar un peso extra. Lo que tienes que hacer es muy sencillo: llevarle una carta a un señor que está enfermo. Se trata de algo en verdad fácil: te llevo al hospital; allí tú te bajas, le entregas la carta, te traigo de regreso al Centro, te doy el dinero y listo... ¿Qué dices?

—¿Y qué hago mientras con los periódicos?

—¡Los puedes dejar aquí! —contestó enfadado—. Es más, te los voy a pagar ahora mismo, y el otro peso te lo daré cuando salgas del hospital y hayas hecho bien tu trabajo. ¿Trato hecho?

—Sale, pues —le dije, sabiendo que no tenía nada que perder y que un peso de más podría ayudarnos a comer algunos días—. Son veintisiete periódicos, señor. O sea: un peso con treinta y cinco centavos.

De señorito

—Aquí tienes el dinero —me dijo, echándome en la mano un billete de un peso y siete monedas de cinco centavos. Arrancó el coche y me explicó lo que tenía que hacer—. Ahora, escúchame bien. Tienes que entregarle la carta directamente a él: nada más tú, no puede hacerlo otro en tu lugar. No quiero que me vayas a venir con que se la diste a fulanito o zutanito. El señor se llama Teófilo Garduño. A ver, repite el nombre.

—Teófilo Garduño —dije; me sentí tonto de repetir como perico.

—Pues el señor Teófilo Garduño también me enviará un recado contigo; es importante que lo recuerdes y me lo vengas a decir tal como él te lo diga, palabra por palabra. Y si te lo da por escrito, me lo tienes que entregar, ¿entendido?

—¿Y cómo le hago para encontrar a ese señor?

—El pobre de Teófilo está encamado: sufrió un accidente. Tú le vas a decir al encargado de la puerta que te deje entrar un ratito porque quieres ver a tu papá, el señor Teófilo Garduño. Y no debes decirle nada de la carta.

A mí aquel trabajo se me antojaba muy facilito como para

ganarme un peso con él. Estaba convencido de que ese tipo era un loco que no tenía en qué gastar su dinero. El señor, que según me dijo se llamaba Aurelio, me hizo repetir varias veces todo lo que tenía que hacer y las palabras que iba a decir. Cuando tomamos la calle 5 de Febrero, se estacionó cerca de esa gran tienda de ropa que se llama El Palacio de Hierro y me hizo bajar con él.

—Tienes que ir bien presentado para que crean que eres hijo de Teófilo. No puedes llegar con esas fachas.

Pensé entonces que el hospital adonde íbamos debía ser un poco elegante y que no me dejarían entrar si me veían todo desarrapado. También pensé que ese señor que dizque era mi papá debía ser muy importante.

Sólo me preocupaba que nos fuéramos a tardar mucho con todo aquello, y que no estuviera yo de vuelta en el Centro antes de las dos y se me hiciera tarde para llegar a la casa para la comida. Todo lo demás me parecía muy bien. Así que, como no tenía nada que perder, bajé con él y lo acompañé a la tienda para quitarme "esas fachas".

¿Quién iba a pensarlo? Yo, Paco Poyo, vestido con una boina tan bonita, unos pantalones bombachos hasta la rodilla y con tirantes rojos, una camisa y unas tobilleras blanquísimas, y unos zapatos mejor boleados que los del mismo don Julián. ¿Cuándo iba a imaginar que yo podía entrar en una tienda

como ésa, llena de señoras con sombreros de flores, guantes y zapatos puntiagudos, y de señores con bastón y bombín, y que además alguien me comprara allí ropa que costaba más de ocho pesos?

Pobre inocente

Mientras nos dirigíamos al hospital, tuve que cambiarme en la parte trasera del carro. Imaginaba la cara de mi mamá si en esos momentos me hubiera visto vestido igualito que un niño de la colonia Condesa. Pensé que podría pasar frente a la casa sin que ninguno de mis vecinos me reconociera.

—Si te preguntan por qué vas solo —me dijo Aurelio cuando ya nos acercábamos al hospital—, dices que tu mamá está enferma y que solamente vas a darle un recado a tu papá. Y no se te vaya a olvidar nada de lo que te he dicho.

Bajé del carro, me acomodé la boina y entré muy contento y confiado al Hospital General. El olor era espantoso: se parecía al de la clínica donde mi mamá me había llevado a vacunar. Sólo de oler eso me acordé en seguida de la sonrisa del doctor cuando me clavó la aguja en el brazo. Hasta me toqué el hombro porque sentí como un piquetazo en el lugar de la cicatriz.

Tal y como me lo había dicho Aurelio: una enfermera que me vio medio despistado me preguntó qué hacía yo allí.

—Vengo a ver a mi papá para darle un recado de mi mamá

—le respondí con prisa—. La pobre tiene más de cuarenta grados de calentura y no para de llorar.

—¿Y en qué cuarto está tu papá?

—No sé. Se llama Teófilo Garduño.

—¡Ah, ya veo! —me miró la enfermera como si yo fuera un ser de otro mundo—. Conque tú eres el hijo del señor Garduño. Espérame aquí, no tardo.

En cuanto la enfermera me dejó, alcancé a escuchar que decía: "¡Pobre inocente!" Tuve ganas de ir tras ella y darle un buen puntapié para que supiera que yo no soy un pobre inocente, pero no me atreví por miedo a meter la pata y echarlo todo a perder.

Esperé un rato sentado junto a una señora que lloraba tanto que parecía que le habían pegado. Ya me estaba hartando de sus lloriqueos cuando apareció de nuevo la enfermera, acompañada de un señor que medía como dos metros y pesaba como trescientos kilos.

Iba a decirle "papá", pues pensé que el tal Teófilo ya se había aliviado, pero antes de que pudiera abrir la boca el tipo se acercó a mí y me dijo:

—Mira, jovencito, tu papá ya no está aquí. Se lo llevaron hace como una hora. No te preocupes, dile a tu mamá que salió bien de la operación que le hicieron para...

—Pero necesito darle un recado de ella... Es muy urgente. Dígame dónde está.

—Ha sido trasladado al Hospital Militar y no creo que puedas verlo hoy mismo. Debe dormir para que se recupere pronto y así nos pueda decir algunas cosas que necesitamos saber. Ve mañana, quizás tú nos puedas ayudar a que recuerde…

Como no sabía de qué me hablaba el señor, le di las gracias antes de que siguiera diciéndome cosas y me entretuviera más tiempo. Al salir del hospital iba triste porque creía que Aurelio ya no me daría el peso prometido. Y así, con la cabeza gacha, llegué a la calle. Aurelio no me estaba esperando. Miré hacia todos lados y nada: un carro estacionado, un perro, tres ciclistas, los rieles del tranvía. Pero en cuanto caminé un poquito hacia el Estadio, al mismo que mi papá me había llevado a ver el partido de beisbol entre el Pachuca y el Chiclets Adams, oí que Aurelio me llamaba desde un árbol en que estaba recargado.

Tuvimos que caminar más de una cuadra, porque había estacionado el carro un poco lejos; en el camino le fui platicando todo lo que había pasado. Él me dijo que pasaría por mí al día siguiente para llevarme al Hospital Militar.

Llegamos al Centro como a la una y media. Me pidió que no le dijera nada a nadie, que lo de la carta era un secreto entre los dos y que después de que yo le diera el recado a Teófilo Garduño me pagaría el peso que me debía. Antes de que arrancara alcancé a decirle que no se olvidara de llevar mi ropa nueva. Y así, con un rato libre todavía, me tiré a tomar un poco de sol en el pasto de la Alameda.

Un lapicito escondido

Toda esa noche estuve soñando en que iba al cine vestido con la misma ropa que me había comprado Aurelio. Desperté cuando alguien trataba de quitarme la boina de la cabeza... Era mi hermana que me zangoloteaba y me decía que me apresurara, porque si no se me iba a hacer tarde para alcanzar periódicos. Apenas me dio tiempo de tomar mi café negro con un bolillo, pues salí disparado como bala hacia la bodega.

Cuando iba de camino a mi esquina para encontrarme con Aurelio, algo me detuvo en San Juan de Letrán: una multitud de hombres y mujeres caminaban por la avenida gritando que les subieran el sueldo, que los alimentos estaban recaros y que les dieran una cosa llamada "seguro social". La emoción que me dio ver a mi papá metido en ese desfile fue mucho más grande que la vez que me llevó a ver el partido de beisbol. En medio del alboroto y del griterío pude distinguir clarito su voz.

Me dieron ganas de ir tras ellos y gritar junto a él, pero a esa hora Aurelio de seguro ya me estaba esperando. Así que eché a caminar rumbo a Isabel la Católica, voceando la noticia del día con más fuerza que nunca.

Tuve que esperar un rato y vender cinco periódicos hasta que, en un descuido mío, Aurelio casi me atropella con su carro. Desde que prohibieron que las carrozas con caballos anden por las calles, es muy peligroso bajarse de la banqueta porque los carros van muy rápido. Todas las mañanas leo en el periódico que atropellaron a tres o cuatro personas en la Ciudad de México ¡en un solo día! Y eso sin contar a los golpeados por las bicicletas.

Tardé en reconocer a Aurelio porque llevaba levantada la capota de su auto. Mientras me cambiaba de ropa, a la vista de la gente que pasaba cerca, él me repitió todo lo que tenía que hacer y decir en el hospital. Al terminar, le dije que los periódicos que tendría que comprarme esa vez eran treinta y cinco, o sea: un peso con setenta y cinco centavos.

—Está bien —me dijo—. Cuando vuelvas con el recado de Teófilo te voy a dar el dinero de tus periódicos y el peso que te prometí.

Me bajé del coche, me acomodé la boina y entré en el hospital. Adentro sólo había soldados, enfermeras y doctores. Y también un espejo donde pude verme, de pies a cabeza, como el vendedor de periódicos y recadero más elegante de todo el Centro, o quizás de la ciudad. Una enfermera, tan gorda como uno de los hipopótamos del zoológico de Chapultepec, me preguntó qué hacía allí. Esa vez le dije que mi mamá se estaba muriendo y que tenía urgencia de ver a mi papá. Si me hubiera dicho que Teófilo Garduño se había ido a otro hospital, no sé qué habría inventado. Pero no, uno de los oficiales que andaban por allí escuchó lo que le decía a la enfermera gorda y dijo que él me llevaría al cuarto.

Y dicho y hecho, ¡por fin llegué! El señor que supuestamente era mi papá se veía muy enfermo. Tenía un bigote chiquitito, como si fuera una línea dibujada arriba del labio; sus pocos pelos estaban despeinados; su cara era roja e inflada, y tenía los ojos cubiertos hasta la mitad por los párpados. Un frasco de agua se ligaba a su brazo a través de una delgada manguerita y la sábana que lo tapaba tenía manchas rojas y violetas.

—Lo busca su hijo, señor Garduño —dijo el oficial.

Los ojos se le iluminaron de pronto. No tuve tiempo de hablar: apenas me acerqué a él me tomó de la nuca y me plantó un beso en el cachete. ¡Qué bárbaro! Nunca me había dado tanta vergüenza. Hasta pensé que eso se lo iba a cobrar por aparte a Aurelio, cuando menos a unos veinte centavos más.

—Mi mamá tiene una calentura altísima —empecé con la mentira que tenía preparada—. Todo el tiempo está sudando y no para de llorar… Dice que te extraña mucho. El doctor que la fue a ver dice que deberías ir tú a cuidarla y…

Pero al decir eso me di cuenta de lo tonto que había sido, pues Teófilo sí que estaba enfermo: tenía el pecho lleno de vendas y

una cara tan triste que daba lástima. Apenas podía moverse sin lanzar quejidos de dolor.

—General, ¿podrían dejarnos a solas unos momentos? —pidió Teófilo al soldado que me había llevado hasta allí—. Necesito hablar a solas con mi hijo.

La enfermera recogió una jeringa usada, que sólo de verla me enchinó todo el cuerpo, unas vendas y unos algodones. El general aceptó la súplica del enfermo, siempre y cuando fueran tan sólo tres minutos, no más.

Pobrecito de Teófilo, pensé, se le veía tan enfermo que de seguro ya le habían puesto varias inyecciones. En cuanto estuvimos a solas le entregué la carta de Aurelio. Al parecer él ya

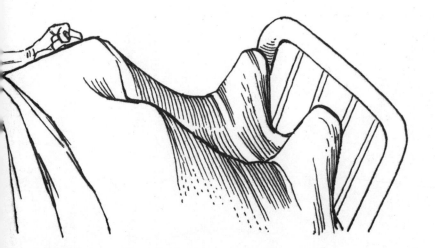

sabía que yo se la iba a dar. La leyó rapidísimo y luego escribió algo al reverso con un lapicito que tenía escondido debajo de la almohada. Volvió a doblar la hoja, la metió en el sobre y le pasó la lengua por el engomado. Me dijo, con una voz tan quedita que apenas si podía escucharla, que le entregara la carta a Aurelio lo más pronto que pudiera.

Me despedí de él justo cuando el general entraba en el cuarto. Antes de salir le dije desde la puerta:

—Que te mejores, papá.

La boina en préstamo

Estaba contento por haber cumplido bien con el trabajo que me había encargado Aurelio y orgulloso por haber ayudado a una persona tan enferma. Salí a la calle dispuesto a presumir que había hecho bien mi papel de recadero y supuesto hijo de Teófilo Garduño. Sin embargo, Aurelio no me esperaba afuera del hospital. Me fui a asomar a los coches estacionados cerca del lugar, y nada. Luego le di la vuelta a la manzana, caminé hacia uno y otro lado de la calle, y tampoco nada. Nada de nada. Yo creo que estuve dando vueltas no menos de una hora. Todo fue en vano, Aurelio había desaparecido.

Me dio tanto coraje que tuve la idea de volver con Teófilo Garduño a reclamarle el mal comportamiento de su amigo, que me había dejado plantado así, sin más. Pero tuve temor a meter la pata en algo que ya había hecho tan bien. Además, la hora de la comida estaba cercana, y si no llegaba a tiempo mis papás se preocuparían por mí.

¿Qué les diría? Sin el dinero de los periódicos y con toda esa ropa nueva y retecara, me preguntarían qué era lo que había hecho, y si les contaba todo, no me creerían. Además, pasaría

por mentiroso y flojo. Peor que eso: pensarían que yo era un ladrón de ropa.

Como aún tenía el dinero de los cinco periódicos vendidos en la mañana, pude tomar un trolebús hasta la terminal del Zócalo. En el camino, de tanto coraje que tenía, abrí la carta y la leí. Recuerdo palabra por palabra lo que habían escrito de su puño y letra uno y otro. De un lado estaba escrito:

Teófilo:

Soy tu única salvación. Si quieres salir libre y con vida de allí tienes que confiar en mí. Dime cuál es el lugar.

Tu amigo Aurelio

Y al reverso decía:

Aurelio:
  Sólo me queda confiar, pero si en una semana no sé de ti, te denunciaré. El lugar es el cruce del camino de la carretera a Puebla y el río Churubusco. Allí encontrarás un árbol, creo que es un pirul, con una cruz marcada. Escarba un poco y encontrarás lo que estás buscando.

Teófilo

En ese momento pensé que Aurelio había huido con mi ropa y con el dinero que me había prometido porque estaba loco de remate. ¡Tanto misterio para hablar de un árbol! ¡Y tanto dinero que había gastado Aurelio en mi ropa nueva por tan poco! Pensé que lo único que esos tipos querían era hacerle una broma a alguien, y a mí me había tocado la mala suerte de hacerla de tonto. Pero no, se trataba de una broma demasiado simple y sin ningún chiste. Durante el trayecto en tranvía me puse a pensar por qué me habían utilizado como mensajero, pero no llegué a nada.

Al llegar a la terminal del Zócalo estaba cansado y sin ganas de ir a mi casa. Preferí caminar un rato por los portales para planear lo que les diría a mis papás. Cuando estuve cerca de la entrada de Catedral me di cuenta de que mi desgracia no era tan grande como la de varios mendigos que conocía. Pobres cuates; además de no tener asegurada la comida del día, las autoridades habían prohibido que la gente les diera dinero, y al que lo hiciera le pondrían una multa de ¡veinticinco pesos!

En esas estaba, medio muerto de miedo por todo lo que tendría que explicar, sentado junto a una de las fuentes del Zócalo, cuando se acercó mi amigo Chucho. Tuvo que dejar de reírse de mi ropa sólo porque me vio furioso.

—¿Qué te pasa, mano? ¿De dónde sacaste esa ropa de señorito?

—No puedo decírtelo.

—Pues ¿qué no somos amigos? Dímelo, no te voy a acusar. ¿Te la robaste?

—¿Me sabes algo? ¿Me has visto alguna vez robando?

—¿A poco vas a decirme que te la encontraste en la basura? ¿O que un señorito te cambió su ropa por la tuya?

Me iba a levantar para dejarlo hablando solo cuando se me ocurrió una idea. Le conté todo, de principio a fin, desde la vez en que conocí a Aurelio hasta mi entrevista con Teófilo, pasando por el beso en el cachete, la ida a El Palacio de Hierro, los dos hospitales, las jeringas, los recaditos: todo, le platiqué todo. Y también lo más importante en esos momentos: si no llevaba el dinero de los periódicos me darían una regañiza espantosa. Además, si me veían vestido tal y como estaba no habría manera de convencerlos de mi historia. Le dije:

—Te propongo un trato. ¿Qué tal si te cambio esta ropa por la tuya? Al cabo que se parece mucho a la que uso casi siempre. Y a ti nadie te va a preguntar por qué estás vestido como señorito.

—¡Ya vas!

Se emocionó con tal sobresalto que casi se cae al agua de la fuente.

—La boina sólo te la presto. Pero eso sí, también necesito pedirte dos favores.

—¡Ya lo sabía! Es un puro engaño, ¿verdad?

—¡No! ¡Créeme que no! Para que veas que es neto, escucha. El primer favor es que me prestes por un rato tu caja para bolear zapatos: necesito sacar el dinero que perdí con los periódicos que se quedó Aurelio. Y el segundo favor es que vayas a avisarle a mi mamá que terminé muy tarde con los periódicos de la mañana, que ya me comí un taco con don Samuel y que después me puse a vender los periódicos de la tarde. ¿Qué dices?

—Trato hecho, Paco. Puedes contar conmigo, siempre y cuando no me salgas después con que te regrese los bombachos y las tobilleras y los tirantes y…

Tuvimos que meternos a escondidas en la Casa de los Azulejos, en avenida Madero, para cambiarnos la ropa en el baño del restaurante. Cuando un señor nos descubrió, pegó tal grito que no tardamos ni diez segundos en terminar de vestirnos y llegar adonde se construía el Teatro Nacional.

El resto de la tarde me la pasé boleando más zapatos que los que había visto en mi vida en el taller de don Julián. Volví a mi casa poco después de que se encendieron los faroles de las calles.

La noticia

A las seis de la mañana del día siguiente ya estaba de pie otra vez y con un sabrosísimo café negro entre las manos. Me sentía de tan buen humor que, a golpe de calcetín, entre la bodega y mi esquina, logré vender más de la mitad de los periódicos que me tocaban. La noticia, al parecer, era interesante para todos. Decía que a todos los trabajadores mexicanos que estaban en Estados Unidos los habían mandado de regreso a nuestro país. Me puse a imaginar que llegaban a México con sus maletas y sin un lugar donde pudieran ponerse a trabajar. Tendrían que dormir en el Zócalo o en la Alameda o en el Parque Lira, porque hay demasiados habitantes en la ciudad. Dice mi papá que casi un millón.

Pero la noticia más importante era otra, al menos para mí. En la segunda sección de *El Universal*, la de robos y asesinatos, encontré la fotografía de mi dizque papá, Teófilo Garduño. La noticia completa decía:

El señor Teófilo Garduño murió anoche en el Hospital Militar, luego de haber sido sometido a una segunda cirugía a corazón abierto. Como se recordará, el señor Garduño, junto con otro ma-

leante al que aún no se identifica, asaltó el Banco de Londres y México la semana pasada. El botín, que todavía no aparece, fue de nueve mil pesos. Se continúa buscando al cómplice del ratero fallecido para que la policía pueda localizar el lugar donde se encuentra el dinero.

Hasta entonces supe que no se trataba de una broma y que los dos tipos tampoco estaban zafados de la cabeza. Aurelio tenía que ser ese otro ratero a quien buscaba la policía. Y la dirección que Teófilo Garduño había escrito en el reverso de la carta era, seguramente, la del lugar donde estaban escondidos los billetes. Mientras veía la fotografía en el periódico me temblaban las manos y las piernas, como cuando mi papá está enojado y me grita. Más o menos me acordaba de la dirección que había escrito Teófilo.

También recordé que la carta se encontraba en la bolsa del pantalón que le había regalado a Chucho.

Al mismo tiempo me di cuenta de que estaba metido en un gran lío. ¿Qué era lo que tenía que hacer? Podía llamar a la policía para delatar a Aurelio. También podía tomar un camión que me llevara al lugar donde estaba escondido el dinero y sacar algo, sólo unos cincuenta pesos, al cabo que ni cuenta se iban a dar los dueños del banco. Y hasta después iría con la policía.

Con cincuenta pesos podría ir varias veces al cine a ver la

película del Olimpia, *Los Cocos*, donde me han dicho que salen unos payasos llamados los hermanos Marx. También podría comprar comida para todo el mes, pedirle a mi papá que me llevara al partido de futbol entre el Necaxa y el Marte, invitar a mi hermana a tomar helados de todos los sabores, a Chapultepec, a las canoas de Xochimilco y al Museo de Historia Natural de la calle del Chopo. Y podría comprarle un rebozo a mi mamá, invitar a comer tacos a todos mi amigos limosneros y comprar un cachito de lotería para sacarme el premio mayor, mil pesos.

La idea me dio muchas vueltas en la cabeza, pero decidí que lo mejor era ir derechito con la policía, contarles todo lo que sabía, decirles dónde estaba el dinero y pedirles como recompensa los cincuenta pesos.

En esas estaba, distraído en imaginar todo lo que haría cuando, frente a mí, Aurelio me miraba desde su carro y me llamaba con el claxon.

¡Qué tacaño!

Tiré al suelo los periódicos y eché a correr lo más rápido que pude, y él detrás de mí. ¡Qué persecución! ¡Qué corretiza! Tropecé con una señora y la dejé, con todo y sombrero, en el piso; lo mismo pasó con un anciano, que fue a dar al suelo al lado de su bastón y su capa. Un ciclista, para no chocar conmigo, se estrelló contra un carro estacionado, mientras yo perdía la vertical y caía sobre un puesto de frutas; todas las naranjas rodaron por la calle. Al dar vuelta en una esquina alcancé a ver que un agente de tránsito levantaba la mano en señal de que los carros debían detenerse, pero Aurelio, sin importarle la multa que seguramente le pondrían, no hizo caso y siguió persiguiéndome.

En cuanto creí que lo había despistado me metí en una iglesia y me escondí bajo una banca. Tenía tanto miedo de salir y encontrarme con Aurelio que contuve la respiración y traté de moverme lo menos posible. Al menos ése sí era un lugar seguro: Aurelio no entraría a sacarme por la fuerza; y además podía rezar. Era una suerte que las iglesias estuvieran otra vez abiertas y no como el año pasado, en que todas esta-

ban cerradas porque dizque el gobierno no quería que la gente rezara. Esperé casi una hora antes de salir de nuevo a la calle, seguro de que yo había sido mejor para burlarlo que él para encontrarme.

Afuera sólo había unos cuantos mendigos, dos señoras con velo, sombrero y abanico, y un vendedor de estampitas religiosas. Respiré hondo y eché a caminar rumbo a la comandancia de policía. Pero en la esquina alguien me agarró con fuerza de la cintura y, entre forcejeos, me metió dentro de un carro. Era Aurelio, que me miraba y se reía de mí como si fuera muy chistoso el susto que me había puesto. Me hizo de inmediato la pregunta que ya me temía.

—¿Dónde está la carta?

—¿Dónde está mi ropa? —le contesté—. ¿Y dónde está el dinero de los periódicos y el peso extra que me prometió?

—No te preocupes, hijo, te los voy a dar.

—Yo no soy su hijo, ni tampoco el hijo de su amigo.

—Mira, chamaco, no estoy ahora de muy buen humor y me estás haciendo enojar. Cuando yo me enojo soy capaz de pelear contra un toro. Así es que tú me das la carta, yo te doy tu ropa y tu dinero, y asunto concluido, ¿o no?

—Pues…, fíjese que ayer —le dije, temblando de miedo porque si no le decía la verdad quién sabe de qué sería capaz—, cuando usted me dejó plantado como un tonto en las afueras del hospital, sin mi dinero y sin mi ropa, tuve que pedirle prestada la suya a un amigo. Y resulta que dejé la carta en el bolsillo del pantalón nuevo, el que ahora debe llevar puesto Chucho.

—¿Y dónde está? —me gritó al oído.

—Pues no sé. Es bolero y se la pasa en la calle. Va a un café, luego a otro, a una oficina, o se sube a uno de esos edificios muy altos, como de siete pisos. Imagínese todo el tiempo que tarda en bolear los zapatos de la gente que trabaja en un edificio de ésos. Pero la mera verdad es que casi siempre se la pasa de flojo en las afueras de Catedral.

Sin decir más arrancó el auto y fuimos a toda velocidad hacia el Zócalo. Durante el camino iba con los dedos cruzados. Pensaba que si Chucho no aparecía allí, Aurelio era capaz de matarme. La esperanza que tenía era que estuviera presumiendo la ropa nueva a todos los conocidos de Catedral.

Dimos como tres vueltas al Zócalo hasta que por fin apareció mi amigo, elegantemente vestido y con mi boina en la cabeza.

—¡Es él! —me emocioné al verlo y lo llamé a gritos desde la ventanilla—. ¡Chucho, acá estoy! ¡Córrele!

—Si no trae la carta —dijo Aurelio con cara de perro rabioso—, nunca se te va a olvidar la paliza que pienso darles, a ti y a tu amigo.

—Él es Aurelio —le dije a Chucho—: el señor del que te platiqué ayer.

—Si quiere que yo entregue otro recado, señor, con mucho gusto, cuente conmigo.

—No, lo que quiero es una carta que debes tener metida en alguno de los bolsillos del pantalón.

Chucho se buscó entre las ropas y sacó la carta, por cierto bastante arrugada. Aurelio se aventó sobre ella. Lleno de nervios, casi temblando, ante nosotros rasgó el sobre y sacó el contenido. Los ojos le brillaban tanto que parecía estar a punto de llorar.

Antes de irse me devolvió mi ropa y me dio tres billetes de un peso. ¡Qué tipo tan tacaño! Me dio sólo tres pesos a cambio de una carta que lo iba a llevar a un lugar donde lo esperaban nueve mil pesos. Más ganas me dieron de ir corriendo a la policía a contar todo lo que sabía. Me despedí de Chucho y le dije que luego le contaría todo.

Ojos de toro bravo

Y por supuesto, eso mero fue lo que hice: ir a la comandancia. Llegué tan agitado que el policía que estaba parado en la puerta no me quería dejar entrar.

—¡Encontré al ratero! ¡Encontré al ratero! —le gritaba—. ¡Hay que correr porque si no se va a llevar todo el dinero!

—¿Qué ratero?

—El que asaltó el banco.

—Mira, chamaco, si lo que quieres es hacer bromas, la comandancia no es el mejor lugar. Aquí tenemos mucho trabajo como para andar jugando a detectives y ladrones.

—De veras, créamelo. Se llama Aurelio.

Como vio que no tenía cara de estar haciendo bromas, al principio dudó, pero al fin decidió llevarme hasta donde estaba un oficial que parecía el jefe. Le dije que yo sabía dónde estaba el amigo de Teófilo Garduño para que me creyera. Y entonces gritó:

—¡Sargento Ruiz! ¡Una patrulla!

En el camino, después de decirle la dirección al conductor, le conté al oficial toda la historia. Detrás de nuestra patrulla nos seguían otras cinco o seis más. Otra vez crucé los dedos para

tener suerte. Temía que cuando llegáramos al lugar ya no estuvieran ni Aurelio ni el dinero.

Y eso parecía. Al llegar al cruce del río Churubusco y la carretera a Puebla no se veía a nadie cerca. El río se había desbordado porque desde días antes había estado lloviendo. O sea que alrededor del lugar donde supuestamente debería estar el dinero había un inmenso charco de lodo. Cuando dos de los policías empezaban a arremangarse los pantalones para ir adonde estaba el árbol marcado con una cruz, reconocí a lo lejos el carro de Aurelio y se lo señalé al oficial.

Entonces todos corrieron hacia el Ford último modelo, con las pistolas desenfundadas. Al llegar allí no encontraron a nadie. Creí que el oficial me iba a reclamar y a decirme que todo era una tomada de pelo, cuando uno de los policías abrió con un fierro la cajuela y encontró allí un montonal de billetes, tantos como nunca imaginé que existieran. Pegué un salto de la emoción. Al mismo tiempo, otro policía, que se había quedado cerca de las patrullas, gritó:

—¡Arriba las manos!

Y con las manos en alto, los pantalones hasta las rodillas y lleno de lodo, Aurelio me miraba con sus ojos de toro bravo y se echaba a llorar de rabia. Me dio mucha tristeza verlo así, indefenso y sin el dinero con el que seguramente había estado soñando.

A golpe de calcetín

Al llegar de vuelta a la comisaría me tomaron fotografías, y los periodistas me marearon con tantas preguntas acerca de cómo había descubierto al ladrón más buscado de México. El oficial me felicitó y me pidió mi dirección para que me mandaran de regalo boletos para el circo, el cine y el futbol. Salí ya noche de la comisaría, con dolor de cabeza por no haber comido nada y preocupado porque me iban a regañar por llegar tan tarde, aunque también con muchas ganas de platicarles a mis papás todo lo que me había sucedido.

Me recibieron muy contentos, ya que a mi papá al fin le habían subido el sueldo en la fábrica y al día siguiente regresaba a trabajar. Y se pusieron todavía más felices cuando terminaron de escuchar la historia y los líos en los que estuve metido esos dos días.

A la mañana siguiente, cuando terminaba de tomar mi café, un señor tocó a la puerta. Dijo que a nombre del Banco de Londres y México me entregaba la fabulosa cantidad de cincuenta pesos como agradecimiento por haber encontrado el dinero robado. Lo malo fue que, cuando ya esperaba que me entregara los billetes, el señor me dio una libreta de ahorros.

Pero todavía me esperaba una sorpresa más. Al llegar a la bodega de periódicos, el dueño estaba parado en la puerta para enseñarme la noticia de *El Nacional*: aparecía mi fotografía con un titular en letras grandes: "Paco Poyo, un niño periodiquero de doce años, descubre al ladrón de los nueve mil pesos". Y más adelante decía: "Según cuenta Paco, todo fue muy sencillo: descubrió al ladrón a golpe de calcetín".

A *golpe de calcetín*, de Francisco Hinojosa,
número 130 de la colección A la Orilla del Viento,
se terminó de imprimir y encuadernar en abril de 2018
en Impresora y Encuadernadora Progreso, S. A. de C. V. (IEPSA),
calzada San Lorenzo, 244; 09830 Ciudad de México.
El tiraje fue de 5 900 ejemplares.